LA MORT
DE
BASSEVILLE,
OU
LA CONSPIRATION DE PIE IV
DÉVOILÉE.

LA MORT DE BASSEVILLE,

OU LA CONSPIRATION DE PIE VI DÉVOILÉE.

Tantùm relligio potuit suadere malorum !

PAR DORAT-CUBIÈRES.

A PARIS,
DE L'IMPRIMERIE DE C.-F. PATRIS,
rue S. Jacques, au couvent des ci-devant Filles Ste Marie.

1793.

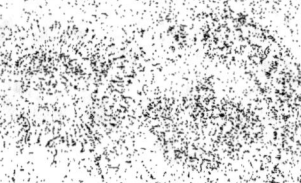

MUNICIPALITÉ

DE

PARIS.

EXTRAIT du Registre des délibérations du Corps Municipal.

Du mardi 25 juin 1793, l'an deuxième de la République française.

LE Corps Municipal ayant accepté le don qui lui est fait par *Dorat-Cubières*, d'un certain nombre d'exemplaires d'une brochure intitulée *la Mort de Basseville*, *ou la Conspiration de Pie VI dévoilée*;

Considérant que les traits du fanatisme et de l'hypocrisie, sont tellement hideux qu'il suffit d'en présenter le tableau pour frapper d'horreur tous ceux qui pourroient y fixer leurs regards.

Le substitut du procureur de la commune entendu;

Arrête que ladite brochure sera imprimée aux frais de la commune au nombre de cinq cents exemplaires, qui seront envoyés dans les départemens ravagés par ces malheureux que l'hypocrisie des prêtres séduit, et dont le fanatisme bénit les poignards.

Signé PACHE, maire.

COULOMBEAU,

Secrétaire-Greffier.

Pour copie conforme.

COULOMBEAU, *Secrétaire-Greffier.*

LA MORT
DE
BASSEVILLE,
OU
LA CONSPIRATION DE PIE VI DÉVOILÉE.

VOUS savez, mon cher maître (*), que j'habite Rome depuis environ deux ans, et que j'y suis venu uniquement pour étudier les

(*) Ce n'est point l'auteur qui parle, mais un jeune artiste français, élève de David, habitant Rome lors de l'assassinat de *Basseville*, et témoin oculaire des faits qu'il raconte. L'auteur a cru devoir mettre cette relation dans sa bouche et le faire parler lui-même à la première personne, pour donner à la narration plus de rapidité, de vivacité et de feu.

grands modèles, et pour m'y former dans un art où vous excellez. Je parcourois chaque jour les monumens immortels que renferme cette capitale ; je les admirois de concert avec mes camarades, artiste ainsi que moi, et nous restions quelques fois des heures entières en extâse devant le Laocoon, le Torse et l'Antinoüs. Faut-il que l'événement le plus funeste, soit venu troubler nos méditations, et que la conspiration la plus horrible nous ait forcés de quitter une terre où jadis la liberté a pris naissance, et qui, pour cette raison, ne peut cesser de nous être chère, quoique plus d'une fois le sang français y ait coulé !

Ce sont les crimes de la superstition et du despotisme que je vais décrire, mon cher compatriote ; et que n'ai-je vos pinceaux et votre génie pour répandre sur ces deux fléaux du genre humain, toute l'horreur qu'ils doivent inspirer ! Ce sont les prêtres et les rois qui, depuis le commencement du monde, en ont causé tous les malheurs ; il faudroit être Tacite pour les peindre ; il faudroit avoir une étincelle de ce feu sublime qui brûle par-tout dans votre tableau de Brutus, et je ne suis qu'un faible élève de David, et l'art d'écrire me fut toujours étranger. Je serai sincère du moins, ne pouvant atteindre ni Appelle, ni Tacite; et si la vérité est le premier mérite de l'histoire, elle régnera du moins dans le récit que je vais vous faire du plus abominable de tous les complots.

La cour de Rome n'a vu qu'avec indignation l'heureuse révolution qui nous a rendus libres, et j'espère que vous n'en douterez pas, connoissant ses principes d'intolérance et de despotisme. Chaque pas que nous avons fait vers la liberté, a été pour elle le signal d'une vengeance; et le jour mémorable du 10 août, jour où les braves parisiens ont proclamé l'égalité, cette cour orgueilleuse s'est crue anéantie.

Depuis la révolution, elle méditoit notre ruine en silence, et depuis un an à-peu-près elle avoit formé l'abominable projet de faire égorger tous les français qui ne pensoient pas comme elle, et qui pour lors habitoient son territoire. Ce projet fut exécuté en partie, le 13 janvier dernier, l'an deuxième de la république française.

Pour faire connoître la cause de tant de malheurs, il faut remonter à leur source, et je vais vous raconter, en peu de mots, les événemens qui ont précédé celui du treize.

Depuis un an, je vous l'ai dit, on prêchoit assez ouvertement, à Rome, une nouvelle Saint-Barthélemy, et des Vêpres Siciliennes nouvelles; le nom des principales victimes n'étoit pas même un mystère; elles étoient déjà inscrites sur les listes de proscription, et on les désignoit du doigt lorsqu'elles passoient dans les rues; le vatican et la ville avoient déjà été inondés de sonnets italiens, où l'on disoit qu'il falloit massacrer tous les français; la poésie que les Grecs faisoient servir à inspirer la haine des rois, s'étoit prostituée aux vœux de quelques prélats, amis des rois; et le langage des dieux étoit devenu celui des esclaves.

Le caractère des français n'est pas la défiance, et malgré tant de sujets d'alarmes, mes camarades et moi, nous vivions dans une assez grande sécurité. Basseville trompé par les promesses réitérées du ministre Zelada, l'avoit augmentée, en nous faisant part de ces promesses astucieuses ; et bercés de la douce espérance d'être désormais tranquilles, nous reprimes tranquillement nos travaux. Comment, en effet, aurions-nous pu conserver encore le moindre soupçon? Le pape avoit lui-même prononcé en faveur des français, de ces paroles saintement mielleuses qui se font remarquer, et dont notre ingénuité fut la dupe ; il avoit fait annoncer que la cour de Rome desiroit de se rapprocher de la république française, et que bientôt les armes de cette république seroient arborées, à la place des anciennes, sur les portes de l'académie de France. Ces discours souvent réitérés, nous séduisirent à tel point qu'ils nous firent oublier quatre ans d'espionnage, de despotisme et de persécutions de tous les genres : semblables à de faibles et de paisibles colombes que le vautour est prêt à dévorer, nous n'appercevions point l'abîme qui chaque jour se creusoit sous nos pas, et nous vivions dans le calme le plus absolu, lorsque l'orage s'accumuloit sur nos têtes.

Nous résolumes, en conséquence, de former, une fois la semaine, une petite société de patriotes; de nous organiser provisoirement, en attendant les nouvelles dispositions du pouvoir exécutif de France; et de délibérer, non pas sur nos intérêts respectifs, mais sur ceux de notre chère patrie. L'expédition de Naples nous avoit déjà remplis de la plus vive joie, mais le malheur arrivé peu de temps après au vaisseau l'Amiral, changea cette joie en tristesse, et accéléra notre résolution.

Nous nous rassemblâmes donc, une première fois, dans le palais de l'académie de France; notre soin le plus cher, fut celui de former entre nous une contribution, pour concourir à la réparation du vaisseau que la tempête avoit endommagé. Nous étions une trentaine, et nous fîmes une collecte qui monta à la somme de cent piastres, somme considérable, vu la perte énorme du change; et cette somme fut soudain déposée entre les mains du banquier *Moutte*, fugitif maintenant comme nous, et qui peut-être en est dépositaire encore.

Nous nous séparâmes, en nous promettant

de nous rassembler la semaine suivante, et d'aviser au moyen de faire parvenir notre petite offrande à la convention nationale; c'étoit le denier de la veuve, nous ne doutions pas qu'elle ne l'eût accepté avec bonté. La semaine suivante arrivée, nous nous rassemblâmes en effet, une seconde fois, et le plaisir que nous eumes à nous retrouver, ne nous fit point oublier le motif sacré qui nous avoit réunis à l'académie. Ce motif nous engagea à nous rassembler une troisième fois; mais dans l'intervalle qui s'écoula entre la seconde et la troisième assemblée, un événement vint détruire toutes nos espérances, vint renverser tous nos projets, et concourut, sans doute, à amener l'abominable journée du 13.

Un petit nombre de Romains restés fidèles à la liberté, et se ressouvenant que leurs aïeux avoient autrefois joui des droits de l'homme dans toute leur plénitude, osèrent réclamer assez hautement ces droits imprescriptibles, et parurent favoriser la révolution française, et par leurs discours, et par leurs opinions. Il n'en fallut pas davantage, pour donner l'éveil à la méchanceté du Sicophante à triple thiare, et pour redoubler contre nous ses emportemens et sa fureur. Il continua cependant de les cacher sous le voile de l'hypocrisie; mais . . . . . mais que les effets en furent terribles, et l'explosion redoutable!

Le pape ayant appris que les Anglais venoient de nous déclarer la guerre, qu'un de nos plus beaux vaisseaux avoit été submergé, voulut donner à la France le coup de pied de l'âne.

Nous eumes vent des sourdes machinations du pape, et pour ne pas nous exposer aux dangers les plus imminens, nous suspendimes un moment le projet que nous avions formé de remplacer les anciennes armes de France, par les armes de la république, ou du moins, nous ne parlâmes plus de ce projet en public, et nous parumes même l'avoir oublié.

La figure de la liberté devoit briller au milieu de ces armes, et en faire le principal ou plutôt le plus bel ornement. Le major Flotte, envoyé de Naples par le ministre

Makaw, m'engagea à peindre cette figure, et je me mis sur-le-champ à l'ouvrage; je méditois en silence les traits augustes de cette déesse des français; j'invoquois l'ombre de Phidias et d'Appelle; j'invoquois tour-à-tour Brutus et David : et mon pinceau tremblant commençoit à dessiner des contours fiers et hardis . . . . . Oh ! si au milieu de cette entreprise difficile, le génie de ces grands hommes eût daigné planer quelquefois sur ma tête, et verser dans mon âme une seule étincelle du feu divin qui les animoit, le peuple Romain reconnoissant peut-être sa souveraine légitime, l'eût portée en triomphe sur le Capitole, et précipité ses tyrans enfroqués du haut du rocher Tarpéien ; il eût abjuré ses gothiques superstitions, et tombé aux genoux de la nouvelle philosophie qui doit faire le bonheur du monde !

Toutes les têtes cependant étoient fanatisées à l'extrême, par les exhortations du pape, et par les prières qu'il avoit ordonnées dans les églises, et par les sorties que faisoient sans cesse les cardinaux et les prélats, contre la régénération sublime qu'ils ont l'audace d'appeler *le mal français*. Quelques français imprudens avoient dit à Rome que je traçois en secret l'image sacrée de la divinité dont elle a brisé à-la-fois et déshonoré les autels. Quelques jours avant on nous avoit vus, mes camarades, le major Flotte et moi, nous disputer un bout de corde, pour aider au cabestan, à renverser l'orgueilleuse effigie de Louis XIV, qui pesoit alors presqu'autant sur son piédestal, que l'original avoit autrefois pesé sur ce qu'il appeloit insolemment ses peuples, et qui élevée dans la cour de l'académie, en étoit devenue, depuis la révolution, et le scandale et l'horreur. On nous avoit vus réunir tous nos efforts pour l'abattre, et enfin on l'avoit entendue tomber au son de l'hymne des marseillois, hymne si rauque à l'oreille des rois, qui ne le sont même qu'en peinture, et qui seule nous donna les forces nécessaires pour précipiter le colosse.

On savoit que c'étoit moi qui traçois en silence la figure de la liberté; et les dangers croissoient autour de moi: c'est donc vous, me disoit-on avec une ironie amère, c'est donc vous qui devez faire cette merveilleuse figure! . . . . . . Oui, c'étoit moi, vils esclaves, indignes du nom Romain, que vous avez souillé, et dont vous avez fait un objet de mépris pour tous les peuples; oui, c'étoit moi-même, et sachez que si j'essayai de la peindre, je saurois encore mieux la défendre.

Cette figure céleste n'étoit pas encore achevée, que le pape craignant l'effet que sa vue seule pouvoit produire, fit défendre au consul Digne de l'arborer sur sa porte. Le consul Digne ne témoigna point ouvertement la joie qu'il ressentoit de ce nouvel incident, mais il eût un secret plaisir à ne point désobéir à l'ordre du Saint-Père. Ce consul, indigne de porter le nom de français n'a jamais aimé la révolution française, et domicilié à Rome depuis longtems, il a contracté toutes les souillures du territoire ecclésiastique; il ressemble à ces arbustes singuliers, qui, salubres et bienfaisans dans un climat, deviennent des poisons mortels, dès qu'ils sont transplantés dans un autre.

Le major Flotte insiste malgré l'ordre du pape, et ordonne à son tour au consul Digne, d'arborer sur sa porte, la figure de la liberté; le ministre Makaw l'avoit envoyé de Naples, pour intimer au nom de la nation, son énergique volonté au consul indigne. Un grand événement devoit naître de ce choc de vœux contraires et d'ordres diamétralement opposés. Qui l'emportera en effet, ou de la volonté souveraine de la nation Française, ou des caprices orgueilleux de l'humble successeur de Pierre ? Le pape ne pouvoit triompher que par la ruse, la trahison, la persécution sacerdotale ; et il ne manqua pas d'employer ces armes perfides.

Sur le refus qu'il fit cependant de laisser placer à la maison du consul de France, les armes de la république, nous crumes, mes camarades et moi, qu'il étoit de notre devoir de quitter un pays où la souveraineté de la nation Française étoit méconnue et indignement outragée; mais nous voulumes avant tout, terminer la figure de la liberté. Je travaillois seul à cet ouvrage, semblable à ces amans passionnés qui craignent de perdre l'objet de leur ardeur, en l'exposant à la vue de trop de monde ; mes forces néanmoins étant insuffisantes, je priai Lafite, pensionnaire, de m'aider ; je priai aussi Péguignot et Mérimé, dont quelques affaires indispensables

sables retardèrent le départ ; et je leur fis partager mon bonheur. Nous étions prêts à finir les traits d'une maîtresse adorée ; nous donnions à son mâle visage le dernier coup de pinceau . . . . lorsque nous entendons un bruit sourd dans la rue : il s'accroît, il s'augmente par degrés, et bientôt une populace effrénée, composée de sbirres, de galériens échappés, de brigands et d'assassins, entre en tumulte dans l'académie, se répand par-tout, dans les cours, dans les salles, sur les escaliers, enfonce en peu d'instans les portes et les fenêtres du dedans et du dehors, renverse les statues, seuls meubles qui décoroient ce palais des arts, mutile les tableaux, les déchire, les foule aux pieds, et ne fait bientôt qu'un vaste monceau de débris des chefs-d'œuvres de la peinture et de la sculpture.

Vous savez, mon cher maître, qu'une salle de l'académie renfermoit tous les modèles en plâtre des plus belles statues de l'Italie, de l'Appollon du Belvédère, de l'Hercule Farnèze, de la Vénus de Médicis, et de plusieurs autres. Oh ! quel spectacle douloureux eût frappé vos regards après l'irruption des barbares! Vous eussiez vu le flambeau de Cupidon renversé aux pieds de l'Hercule terrassé, et la massue redoutable de ce dernier dans les mains de la mère de l'amour ; vous eussiez vu les serpens du Laoocoon entrelacer le corps de Sainte-Bibienne, l'agneau de Saint-Jean-Baptiste auprès du Lion de Saint-Jérôme, tous les attributs des faux Dieux confondus avec ceux des idoles du christianisme, et par-tout un bouleversement, un désordre épouvantable ; assez semblable à un déménagement, et plus encore au sac d'une ville prise d'assaut, et dont tous les habitans égorgés gissent épars sur une terre ensanglantée.

Les cris, le tumulte et les fureurs de la populace égarée nous firent suspendre un moment notre travail ; nous écoutions, nos pinceaux à la main, et la main suspendue dans les airs . . . . Les assassins en un mot, n'avoient plus que vingt marches à monter pour nous égorger sous les yeux mêmes de la liberté.

Péquignot et moi, nous leur épargnâmes ce crime, en leur facilitant les moyens de le commettre ; nous nous précipitames au milieu d'eux, affrontant des dangers qui ne pouvoient que nous plaire : et loin de fuir, nous allames au devant de leurs coups. Nous avions tout perdu d'ailleurs, nos ateliers, nos modèles et jusqu'à nos pinceaux ; notre patrie étoit outragée, méconnue et avilie dans la personne des patriotes ; nous ne desirions plus que la mort. Pourquoi cette mort nous échappa-t-elle, et pourquoi vivons-nous encore ? . . . . . Les scélérats étoient si acharnés contre les statues et les tableaux, qu'ils ne nous apperçurent seulement pas, et que l'excès de la fureur dont ils étoient aveuglés nous força à conserver la vie.

Des soldats du Saint-Père avoient été envoyés pour empêcher ces désordres ; c'est du moins ce que le Saint-Père a dit, c'est ce qu'il a publié par-tout, et ce qu'il a fait publier par des proclamations réitérées. Ces soldats nous reconnurent, et loin de tourner leurs armes contre les brigands qui dévastoient tout, ils les tournèrent contre nous-mêmes, nous poussant et nous repoussant au milieu des débris de toute espèce qui embarrassoient l'escalier : ils nous poursuivirent jusques dans la rue à grands coups de crosse de fusil ; là, couverts de contusions, de meurtrissures, pâles, ensanglantés et presque inanimés, nous n'attendions plus que la mort; nous espérions qu'une populace égarée et altérée de notre sang, alloit nous la donner. Mais les bourrades que nous avions reçues des soldats, lui firent prendre le change; cette populace n'étant pas dans le secret du pape, ne savoit pas que les soldats avoient ordre de sévir contre nous, et de laisser les brigands tranquilles ; elle crut que nous étions du nombre de ces brigands, elle nous accueillit au lieu de nous maltraiter; et une seconde fois nous fûmes forcés de vivre.

Voyant que la mort s'obstinoit à nous fuir nous crûmes que la providence vouloit que nous vécussions pour le bien de notre patrie; et nous échappant furtivement des mains de nos bourreaux, nous prîmes adroitement la fuite, lorsque reconnus pour français, le bruit des sifflets et des huées accompagna soudain nos pas : une grêle de pierres fondit sur nous, et plus de mille couteaux furent tirés pour nous ôter la vie. Nous nous sauvâmes par miracle des mains de cette horde meurtrière ; je fus tenté un moment d'en remercier le ciel ; mais je changeai bientôt de dessein, en m'appercevant que j'avois perdu mon compagnon dans la mêlée : nous nous étions mal entendus sur l'azyle où nous devions nous réfugier, et le desir de le retrouver accélérant ma fuite, me donna une nouvelle énergie pour me mettre à couvert du danger ; mes jours me devinrent chers par l'espoir de sauver ceux de mon ami.

Il avait été se cacher dans le palais de l'ambassadeur d'Espagne ; je courus vers l'habitation de Basseville . . . . Dans cet instant même on l'assassinoit. Le major Flotte et Moutte le banquier lui avoient donné l'hospitalité. C'est dans leur maison, c'est là qu'environné des bourreaux sacrés du pape... Mais n'anticipons point sur les événemens ; hélas ! je n'aurai que trop le tems d'entrer dans ces détails atroces, et de vous raconter un crime dont le nom seul fait hérisser mes cheveux.

L'épouse de Basseville étoit auprès de lui, lorsque des assassins attentèrent à sa vie. Elle tenait dans ses bras un enfant pouvant à peine bégayer le nom de liberté ; elle prioit, supplioit, fondoit en larmes ; prières inutiles, et plus inutiles efforts : les bourreaux furent insensibles à tout ce qu'il y a de plus touchant et de plus respectable sur la terre, l'innocence désarmée, et la beauté dans le malheur.

L'épouse de Basseville, son fils, le banquier Moutte et le major Flotte furent obligés de prendre la fuite, et se sauvèrent par miracle. Ne pouvant point pénétrer dans leur demeure, je me réfugiai dans une maison voisine où je restai malgré moi jusqu'à la nuit. Impatient de retrouver mon compagnon, j'eus l'audace de retourner devant l'académie, et de le chercher dans la foule : le tumulte et la fureur alloient toujours croissant ; des cris de plus en plus séditieux se fesoient entendre et j'avois beau appeler Péquignot à grands cris, les accens de l'amitié étoient étouffés par les mugissemens du fanatisme. Un vieillard qui m'avoit servi de modèle, me reconnut à mon son de voix ; il m'appela et me salua par mon nom. Malgré la crainte et la défiance qui ne me quittoient point, je m'abandonnai à lui ; il n'étoit ni romain, ni prêtre ; il ne me trahit point.

L'intérêt qu'il me témoigna me fit cependant remarquer de la multitude qui ne me reconnut point à mes traits défigurés par mes blessures, mais qui n'eût point tardé à me reconnoître ; et m'apercevant de son inquiète curiosité, je serrai énergiquement la main au bon vieillard pour toute réponse, et nous nous arrachames de ce lieu.

Le souvenir de mon ami me suivoit par-tout. Je le cherchai encore long tems ; et vous devez bien penser qu'il n'étoit pas moins inquiet sur mon compte, que je l'étois sur le sien. Nous nous retrouvames enfin dans une maison française, où nous nous embrassames avec transport, et en versant des larmes de joie. J'ai dit qu'il s'étoit réfugié d'abord chez l'ambassadeur d'Espagne, et il y seroit resté si son inquiétude pour tous nos frères et pour moi, ne lui eût fait abandonner cet asyle.

Le bon vieillard nous avoit accompagnés jusques dans cette maison : la sienne étoit voisine de la Trinité-du-Mont ; il nous offrit l'hospitalité, et nous le suivîmes, en renfonçant nos chapeaux sur nos yeux, pour n'être pas reconnus.

En montant l'escalier de la Trinité-du-Mont, quoique nous fussions très-éloignés de l'Académie, nous entendîmes distinctement les cris et les hurlemens des scélérats qui l'assiégeoient; nous vîmes les lueurs de l'incendie, dont la réverbération donnoit à tout le quartier l'éclat le plus effrayant. A peine arrivés chez le bon vieillard, nous craignîmes qu'elle ne fût réduite en cendres; et nous le priâmes d'y retourner, pour en savoir des nouvelles. Hélas! elle étoit devenue le palais de Priam. On continuoit d'en enfoncer les portes et les fenêtres à grands coups de hache redoublés; on se disputoit la gloire d'y mettre le feu, et le vieillard revint nous dire, les larmes aux yeux, que le crime étoit consommé: que le temple des arts n'étoit plus, et que le peuple égaré par les prêtres, crioit de toutes parts: *Vive le pape! vive la madone! périssent, périssent tous les François, et l'assemblée nationale!*

Ces cris affreux retentissoient dans nos cœurs, quoique nous fussions trop loin pour les entendre. Nous passames la nuit chez le bon vieillard; mais nous pumes dormir à peine. Et renonçant au projet insensé de nous réunir à nos compatriotes, nous résolumes de fuir avant le jour.

Qu'on se figure notre position : inquiets sur le sort des deux camarades que nous avions laissés derrière nous, en sortant de l'Académie ; sur ce qu'avoient à craindre les patriotes nos frères ; craignant nous-mêmes d'être découverts et immolés, sans que notre mort fût utile à la république ; le moindre bruit, le moindre murmure nous allarmoit, et nous étions même effrayés de notre ombre : nous voyions ces infâmes sbirres lever sur nous leurs couteaux ensanglantés, et la flamme de l'incendie nous poursuivoit sans cesse dans les rêves d'un sommeil pénible, et à chaque instant interrompu.

Vous savez que les artistes ne sont pas riches ; et dépouillés du peu que nous avions, il ne nous restoit pas le moindre argent pour faire notre voyage : le bon vieillard le devina ; et prévenant nos vœux à cet égard, par suite de cette délicatesse qui existe entre les belles ames, il nous témoigna le regret sincère qu'il éprouvoit de ne pouvoir nous en prêter ; il étoit pauvre lui-même. Le pauvre ne pouvant donner que ce qu'il a, ses regrets nous parurent aussi doux qu'un bienfait ; et joints à l'hospitalité qu'il nous avoit accordée, il nous inspira, à mon compagnon et à moi, la plus vive reconnoisssance. Hélas ! les refus du pauvre valent souvent mieux que les présens fastueux du riche.

Je le priai cependant d'aller trouver un de mes amis, Romain de naissance, mais Français de cœur, et de l'engager à venir à notre secours. Notre hôte vole à ces mots; et ce fidèle ami vient lui-même nous apporter, non pas une somme considérable, mais une somme suffisante pour fuir, et nous mettre à couvert de nos bourreaux. Il auroit voulu pouvoir nous offrir davantage ; il avoit fait ce qu'il avoit pu, et c'étoit remplir tous les devoirs de l'amitié. Frémis, ô Braschi ! frémis de honte et de fureur à ce trait de générosité et de courage de la part d'un de tes prétendus sujets ! tu as cru qu'ils pensoient tous comme toi; tu as cru qu'enchaînés sous ton joug sacré, aucun d'eux n'oseroit faire un acte contraire au maintien de ta souveraineté usurpée : eh ! bien, frémis ! la liberté fera tôt ou tard dans tes états, plus de conquêtes que tu ne penses, et ce joug insupportable sera brisé, et ta tête hideuse roulera du haut de ce capitole où tu siéges, et qui semble d'avance tressaillir de joie à l'approche de nos vaisseaux!

Et toi fidèle ami, qui m'as obligé avec tant de promptitude, de concert avec un vénérable vieillard, pardonnez-moi l'un et l'autre si je tais votre nom dans ce récit : votre nom en feroit l'ornement, sans doute, et toutes les bouches françaises se plairoient à le répéter; mais je vous exposerois en vous désignant; mais j'amasserois autour de vous les orages et les dangers dont j'ai failli être la victime. Vous êtes encore sous l'œil du tyran auquel j'ai échappé; et si la reconnoissance ordonne de publier un bienfait, la prudence pourroit-elle le permettre, lorsque le bienfaiteur est compromis? Je souffre à ne point vous rendre ici, à l'un et à l'autre, l'hommage qui vous est dû : rassurez-vous; le tems n'est pas éloigné où je pourrai vous faire connoître.

Munis des secours de notre ami, deux heures ayant le jour, nous fîmes nos adieux au bon vieillard, et nous nous disposâmes à partir, ou plutôt nous partîmes avec toute la célérité dont nous étions capables. Le bon vieillard voulut nous accompagner jusques hors les portes de la ville ; et malgré nos instances réitérées pour lui épargner ce trajet, il nous força de céder à ses desirs. Arrivés au lieu de la séparation, il versa des larmes ; il se précipita dans notre sein ; il nous serra dans ses bras ; et nous, qui n'avions jamais voulu recevoir les bénédictions du pape, nous le priâmes de nous bénir ! Avec quel regret ne le quittâmes-nous pas ? Quels regards tendres et respectueux ne jettâmes-nous pas sur lui, même à une grande distance ! Hélas ! il nous sembloit que nous fuyions loin de notre père, et nous nous retournions mille fois pour saluer ses blancs cheveux.....

De Rome à Albane, nous ne vîmes que figures sinistres et menaçantes ; nous n'entendîmes que propos insultans. A Albane, on refusa opiniâtrément de nous louer une voiture. On s'appercevoit que nous manquions d'habits, de souliers, en un mot, de tout, et le tems étoit horrible : nous n'en pûmes trouver une qu'à Veletri, et on nous la fit payer en raison de l'extrême nécessité où nous étions de nous en servir. Elle nous conduisit jusqu'au milieu des marais Pontins; et là, par la continuité du tems le plus affreux, nous fûmes forcés de coucher dans une écurie. A peine étendus sur un mauvais grabat, autour duquel ruminoient des bœufs et hennissoient des chevaux, nous entendîmes des voix confuses d'hommes qui projettoient de nous assassiner. Oui, disoit l'un, je crois que ce sont des Français, et c'est gagner le ciel que de les envoyer dans l'autre monde : oui, ajoutoit l'autre, ce sont des Français; mais ils ont l'air si pauvres....... L'état de délabrement où nous étions nous sauva, et ce délabrement étoit extrême, puisque nous avions été forcés de payer notre voiture d'avance.

Arrivés à Terracine, nous apprîmes la mort de Basseville : nous y ajoutâmes foi sans beaucoup de peine, ayant vu la fureur de ses assassins; et deux milles plus loin, nous rencontrâmes Lefebvre et Gounad, qui, ignorant ce qui s'étoit passé à Rome, y retournoient, le bonnet rouge sur la tête. et plus encore, dans le cœur.

Les récits que nous leur fîmes, leur causèrent autant de douleur que d'effroi; ils les empêchèrent de pousser plus avant; et, rebroussant chemin sur l'heure, ils vinrent avec nous jusqu'à Naples.

Jusqu'à présent, mon cher maître, je n'ai eu à vous offrir que d'horribles tableaux; la scène va changer tout-à-coup; et tel est, sans doute, l'ordre de la destinée, qui ne veut pas que la peine ni le plaisir durent trop longtems, et qui, les combinant et les mélangeant sans cesse l'un avec l'autre, adoucit ainsi l'amertume de l'un, et rend plus piquante la vivacité de l'autre.

Nous avions été persécutés à Rome; nous avions été exposés à tous les dangers et à toutes les injustices : à Naples, nous fûmes accueillis avec cordialité, avec fraternité même, et l'on nous y prodigua autant d'égards, qu'ailleurs on nous avoit montré de barbarie.

Ce contraste si précipité et si sensible, fit naître dans notre esprit une multitude d'idées et de réflexions, souvent interrompues par le souvenir des dangers où nous avions laissé nos compatriotes. Nous n'étions pas étonnés d'avoir été maltraités par le pape; mais nous l'étions de l'être si bien par un roi : la nuance est si faible entre un roi et un pape, et nous avions si peu de droits pour leur plaire! Le ministre Mackaw ne tarda pas à nous éclairer là-dessus, comme vous le verrez bientôt.

A peine arrivés à Naples, nous allâmes le voir, et lui raconter notre malheureuse avanture; il en avoit déjà été instruit par plusieurs lettres qu'il avoit reçues de Rome, et il nous confirma la nouvelle de la mort de Basseville, dont nous n'étions pas encore parfaitement assurés; il fit plus : nous ayant un jour rassemblés à dîner chez lui, il nous raconta, en ces termes, l'histoire de cette mort affreuse. Je mets ici cette narration, afin qu'aucun détail ne vous échappe, et que vous puissiez voir enfin le pape et la cour de Rome tels qu'ils sont; tels, c'est-à-dire, que des monstres, qui doivent inspirer autant *d'indignation que d'horreur.*

Vous étiez encore, me dit le ministre Mackaw, en m'adressant la parole plus particulièrement qu'à mes camarades, vous étiez encore dans le palais de l'académie de France, occupés à peindre la figure de la liberté ; l'infortuné Basseville se promenoit tranquillement dans la grande rue de Rome appellée le *Cours*, en attendant le moment de votre troisième assemblée, où il devait se rendre. (C'étoit le 13 janvier, et il étoit midi.) Basseville étoit dans son carrosse avec le major Flotte, avec sa femme et son enfant : ces deux patriotes portoient à leur chapeau la cocarde nationale, ainsi que le cocher et le domestique. C'est dans ce costume qu'ils avoient fait, le matin même, une visite au cardinal Zelada, qui leur avoit expressément déclaré que la cocarde tricolore n'étoit plus un signe défendu aux Français dans Rome. Basseville et le major Flotte étoient en effet les premiers qui l'eûssent offerte aux regards des Romains.

La voiture de Basseville alloit doucement, lorsqu'un abbé ramassa une pierre et la lança dans les glaces : le peuple accourt à ce signal ; il s'atroupe, et lance à son tour une grêle de pierres sur la voiture ; il l'accompagne de huées, de clameurs féroces et injurieuses. Le

cocher

cocher s'effraye, et tourne à l'instant pour reconduire ses maîtres chez le banquier Moutte: des patrouilles s'avancent alors, des patrouilles perfides, qui, au lieu de protéger Basseville, semblent être d'accord avec le peuple pour l'assassiner.

Le peuple ordonne à un des soldats de tirer sur le carosse, et il tire; fait horrible, que la relation de Rome travestit en un coup de pistolet parti des mains de Basseville. Ce premier coup ne porte point, et le carrosse arrive devant la porte du banquier Moutte. Basseville en descend précipitamment avec son ami et sa famille éplorée; ils se réfugient tous quatre dans son appartement, et les cris de l'enfant et de la mère, retentissant de toutes parts, redoublent les terreurs et les angoisses de Basseville. Il écrit, au milieu de ce tumulte, il écrit au cardinal Zelada une lettre courte, pour lui demander compte de sa perfidie, et pour réclamer des secours contre ses assassins. Peine perdue: hélas! Zelada ne répondit point; et tandis que le malheureux Basseville écrivoit, des prêtres féroces, répandus dans la ville, excitent le peuple à se rassembler autour de la maison de Moutte, et l'engagent, en lui promettant le ciel, à violer cet asyle. Séduit et entraîné par ces scélérats, le peuple, qui fût resté vertueux, s'il n'avoit pas été excité au crime, le peuple accourt en fureur autour de la maison du banquier, et l'investit en poussant des hurlemens terribles. Cinq soldats étoient à la porte pour garder la maison : remarquez bien qu'il n'y en avoit que cinq, et que, dans ce moment, plusieurs piquets de vingt hommes chacun, se promenoient tranquillement dans le cours, et avoient l'air d'ignorer que leur présence fût nécessaire dans tout autre endroit de la ville; remarquez bien que Zelada avoit fait placer des forces là où il n'en falloit pas, et qu'il n'y en avoit point là où elles auroient pû sauver la vie à l'innocence.

Le peuple cependant, excité par les prêtres, excite à son tour les soldats, qui restoient immobiles à la porte du banquier Moutte : ils entrent tumultueusement dans la chambre de Basseville, d'où sa femme s'enfuit à leur aspect, emportant son enfant dans ses bras . . . Le brave major Flotte se dispose à défendre son ami : Basseville lui retient le bras; et tandis qu'il sauvoit la vie à ses assassins, l'un des cinq soldats le blesse mortellement, en lui portant un coup de baïonnette dans le ventre. Le major Flotte, le banquier Moutte s'échappent, on ne sait comment, et Basseville tomba expirant sur la terre.

Rien n'est plus intéressant qu'un ennemi désarmé et prêt à mourir; un pareil spectacle adouciroit des tygres : il ne peut rien cependant sur les assassins de Basseville; ces barbares, l'arrachent de son appartement, et le traînent par les cheveux jusques dans le corps-de-garde de la rue *Fratina*. Ah! qui pourroit vous peindre tout ce que le malheureux eut à souffrir durant ce trajet! Vainement cinq nouveaux fusiliers s'étoient joints aux cinq premiers pour le défendre : le peuple, chemin faisant, lui donna tant de coups par derrière, que la toile de sa chemise et sa peau volent en lambeaux pêle mêle.... L'infortuné marche lentement sous cette grêle meurtrière, en retenant, avec ses mains et le seul vêtement qui lui restoit, ses entrailles prêtes à s'échapper..... Sa tête est ruisselante, défigurée, et il cherche envain un peu de force pour implorer ses bourreaux. Ceux-ci l'étendent, dans le corps-de-garde, sur un lit de soldat, si étroit, qu'une partie de ses jambes le dépassoit, et traînoit jusqu'à terre. Il étoit sans connoissance, et presque sans vie. Le peuple cependant, toujours animé par les prêtres, qui n'avoient garde de laisser reposer sa fureur, le peuple étoit à la porte, qui demandoit à boire le sang de la victime, qui demandoit à dévorer ses membres palpitans. Les gardes effrayés de ces cris, tremblent alors pour eux-mêmes : les lâches n'avoient témoigné aucun intérêt à Basseville, et leur intérêt personnel les engagea à haranguer le peuple, à chercher à l'appaiser par de belles paroles ; enfin, ils parvinrent à le calmer, en lui disant que Basseville n'en reviendroit pas, et qu'il étoit blessé à mort.

Le peuple se retire ; mais nul chirurgien n'accourt pour visiter le mourant, qui passe une partie de la nuit dans l'état déplorable que je viens de peindre ; il n'y eut pas même de la charpie pour panser ses blessures. Sûrs que leur victime ne leur échapperoit pas, les gardes laissent entrer quelques personnes charitables : elles s'empressent autour du mourant, et envoyent chercher du linge chez un Français, habitant à Rome depuis long-tems, et qui n'étoit pas encore proscrit : celui-ci donne tout ce qu'il en peut ramasser, et à chaque instant, on va chez lui lui rapporter des appareils tout sanglans. Basseville, pendant ce tems, revient un moment à lui-même ; il bégaye quelques remerciemens à ses bienfaiteurs ; mais l'excès de ses souffrances est tel, qu'elles le forçent à s'endormir. Il s'endort ; que dis-je ? il tombe dans un affaissement, avant - coureur de la mort, et ne peut pas même jouir en paix de ce néant qui la précède, et qui est un bienfait de la nature. Le corps-de-garde est rempli de soldats, qui, appelés au service, frappent rudement la terre avec leurs crosses de fusil, et troublent le sommeil de l'agonisant, qui se réveille en sursaut à chaque minute ; d'autres chantent des chansons bacchiques, qu'ils entremêlent aux cantiques religieux ; d'autres enfin s'amusent à fumer leurs pipes, et inondent la chambre de torrens de fumée, si épais et si empestés, que les derniers amis de Basseville sont obligés de quitter son lit, autour duquel ils étoient rangés, et d'aller respirer l'air dans la rue.

L'habitude où sont les Italiens de Rome, de se battre à coups de couteau, a rendu les chirurgiens de cette ville très-habiles dans l'art de panser les blessures; ils auroient pu, sinon empêcher la mort, du moins prolonger de quelques heures la vie de Basseville; mais le pape n'eut garde de lui procurer ce secours: s'il ne lui envoya aucun médecin du corps, il le fit investir en récompense d'une grande quantité de médecins de l'ame. Plusieurs prêtres, revêtus de leurs étoles, et des crucifix à la main, vinrent l'exhorter à se réconcilier avec Dieu, et sur-tout avec la Cour de Rome: et admirez la perfidie de ces monstres; ceux-mêmes qui avoient été les bourreaux de son corps, voulurent être les sauveurs de son ame, et ils appelèrent frère, celui qu'ils venoient de dévouer aux poignards des assassins.

Indigné à leur aspect, Basseville se couvre le visage avec les mains, et ramassant toutes les forces qui lui restoient: laissez-moi, leur dit-il, laissez-moi........ je meurs fidèle à mon pays..... Bon Dieu que les prêtres me pèsent!....... Je meurs; mais je serai vengé!

Les tyrans en surplis ne se rebutoient point à ces paroles ; au contraire, leur pitié feinte se tourna en fureur ; ils exhortent le malheureux agonisant de la manière dont on exorcise ; ils le stigmatisent malgré lui ; malgré lui ils oignent ses pieds et ses mains avec des huiles puantes ; ils lui donnent d'avance mille morts, et semblent ne l'avoir tué, que pour avoir la barbare gloire de le convertir.

Basseville auroit pu vivre encore quelques heures : les contorsions des prêtres accélérèrent son trépas ; il meurt deux fois assassiné par eux, et en répétant ces paroles. Bon Dieu que les prêtres me pèsent ! . . . . Je meurs fidèle à mon pays !

Voilà, citoyens, dit le ministre Mackaw en poursuivant son récit, souvent interrompu par ses larmes et par les nôtres, voilà les faits dans toute leur exactitude ; je n'ai dit que la vérité. Le pape cependant a fait répandre dans Rome et dans tous ses états, une relation calomnieuse, où tous les faits sont altérés et horriblement défigurés, où il prétend que l'enfant de Basseville agitoit à la portière du carrosse, une banderolle aux trois couleurs, tandis que cette prétendue banderolle n'étoit autre chose que le mouchoir de sa mère; où il assure que le père étoit muni d'un stylet, arme perfide, inconnue aux bons Français, et dont les Romains seuls font usage; où il ose enfin affirmer que Basseville s'est rétracté à ses derniers momens, et a reconnu ses erreurs. Le pape ne s'est pas contenté d'avoir fait assassiner Basseville, il a voulu encore assassiner sa mémoire; rafinement de vengeance bien digne d'un prêtre catholique et d'un pontife Romain! Ah! les prêtres, dans tous les tems, ont employé des moyens inconnus aux autres hommes. La mort d'un ennemi ne suffit pas pour les désarmer: semblables à des vampires, ils vont s'asseoir sur les tombeaux, et se plaisent, pour ainsi dire, à sucer des ossemens.

Vous devez savoir ce qui se passoit à l'académie, tandis qu'on égorgeoit Basseville; vous y étiez, et je ne puis rien vous apprendre là-dessus; vous savez que les tygres qui le déchiroient n'étoient pas les seuls acharnés après leur victime; d'autres tygres parcouroient les rues, en disant: *vive le pape*, *vive la foi catholique ! vive la Saint-Barthélemy ! périssent tous les Français !* Vous savez que ces derniers erroient dans Rome au travers des stilets, des torches ardentes et des fusils, ne sachant où trouver un asyle, et conjurant les Romains de les sauver. L'espérance de quelques-uns ne fut point trompée. La conjuration ayant été tramée par les prêtres, et l'exécution ayant devancé l'heure convenue par ces monstres, tous les habitans de Rome n'étoient pas dans le secret, et tous les assassins n'avoient pas eu le temps de se rassembler et de se rendre à leurs postes. Tous ces fait; vous sont connus, mes chers compatriotes et je n'ai pas besoin de vous les répéter, mais savez-vous ce que faisoient les auteurs de la conjuration, durant cet horrible massacre ? Vingt mille témoins déposent que tous les prêtres réfractaires, et les nobles qui s'étoient réfugiés à Rome, avoient été prévenus de ne pas quitter leur maison pendant toute la journée du 13. Chatelus, qui habitoit le palais de Bernis, l'infâme Chatelus, du haut du balcon de ce palais, disoit qu'*il étoit aux premières loges.* Le ministre Zelada étoit à côté du pape, qui avoit à ses côtés la princesse Sophie Albertine (1), la sœur du roi de Suède. Des émissaires entroient et sortoient; ils venoient de quart-d'heure en quart-d'heure, rendre compte à sa sainteté des progrès de l'incendie et des heureux effets du carnage. Sa sainteté sourioit, et parloit bas au ministre, qui, à son tour, chuchotoit avec elle, et tous les deux avoient l'air de s'applaudir de leurs succès. Il ne manquoit plus à sa sainteté que de monter sur une des tours du Vatican, et de tirer elle-même sur les malheureux Français, pour completter, avec Charles IX, la plus abominable ressemblance.

On a cru que le peuple étoit complice de toutes ces horreurs; mais vous savez aussi bien que moi, citoyens, que le peuple dans tous pays est bon et juste, et qu'en dépit de tous les tyrans, il aime, dans tous les

(1) Cette princesse n'a point trempé dans la conspiration: elle n'a fait que du bien et des aumônes nombreuses, pendant tout le temps qu'elle a passé à Rome; et la partie du peuple qui n'étoit point égarée, l'a comblée de bénédictions à son départ.

pays, la liberté et l'égalité, ses divinités favorites. Vous n'ignorez pas d'ailleurs, que l'espionage est à Rome le principal ressort du gouvernement, et que le pape et les cardinaux ont à Rome vingt à trente mille espions à leurs ordres. Voilà les instrumens que Zelada et le pape ont employés pour faire assassiner Basseville : on les avoit vus pendant le jour se répandre dans les rues pour y former des groupes qu'ils endoctrinoient, et s'armer, dès l'entrée de la nuit, de poignards et flambeaux. Le vrai peuple qui n'étoit pas initié dans leurs affreux mystères, ne vint grossir leur nombre que fort tard ; et il connaissoit si peu la vraie cause de l'émeute, qu'on entendit des Transteverins même engager leurs camarades à courir sur la cocarde blanche, et que plusieurs s'adressant à la ridicule cavalerie du pape, lui crioient en la menaçant : Tremblez lâches, tremblez ; vous n'êtes que de vils esclaves, et nous sommes, nous, du sang Troyen ! *Siamo noi del sangue Trojano !*

Mais je ne vous ai peint qu'à demi les crimes du saint père ; et puis-je vous laisser ignorer jusqu'où ce barbare ennemi a poussé la scélératesse ? Il ne s'est point couché dans la nuit affreuse du massacre ; et les exécuteurs de ses vengeances étant venus dans son palais, après avoir assassiné Basseville, croiriez-vous qu'ils sont tombés à ses genoux, encore tout ensanglantés, et que le monstre, tenant le flambeau d'une main, de l'autre les a bénis, et leur a promis toutes les récompenses de la vie future ? Jugez par ce trait, citoyens, jugez de la religion catholique, et soyez encore papistes, si vous le pouvez.

Le ministre Makaw avoit à peine achevé ces paroles, que Lafite entre tout ésoufflé, et nous apparoît comme un ange descendu des cieux; je cours au-devant de lui, je l'embrasse, je l'embrasse avec d'autant plus de plaisir, que n'ayant pas reçu de ses nouvelles depuis mon départ de Rome, je craignois qu'il n'eût trouvé la mort dans ce tombeau de la liberté, et que son ombre n'eût suivi l'ombre de Basseville. Sa présence ne causa pas une surprise moins agréable à tous mes camarades, et le ministre Makaw en parut enchanté; nous l'accablâmes de questions après lui avoir fait prendre tous les rafraîchissemens d'usage, et voici la réponse qu'il nous fit, en s'adressant particulièrement à moi-même.

Tu dois te rappeller, me dit-il, qu'à peine tu avois achevé de peindre la figure de la liberté, un peuple furieux se précipite dans l'Académie, enfonce les portes et les fenêtres, déchire les tableaux, renverse et brise les statues; il n'avoit plus qu'un pas pour arriver jusques à nous. O miracle dont nous sommes redevables sans doute à cette divinité adorée qui guidoit nos pinceaux! En ce moment, le peuple est si égaré par sa fureur, qu'il ne songe pas même à entrer dans cette chambre où nous étions; et le palladium leur échappe, que dis-je? nous avons le bonheur de nous sauver nous-mêmes, et nous évitons la mort, par les moyens mêmes qui la procurent; c'est-à-dire, en nous jettant au-devant des poignards des assassins.

Tu avois fait, il y a quelques mois, un tableau dont le sujet patriotique avoit extrêmement déplu dans Rome; ce tableau, ajouta-t-il en se tournant vers le ministre Makaw, représentoit Hypocrate préférant le salut de ses concitoyens aux attraits de la pourpre et de l'or, ce tableau, que tu avois fait transporter quelques jours auparavant chez Ives, se présenta bientôt à la mémoire de nos féroces ennemis; ils s'imaginent que tu as fait placer dans même maison la Liberté à côté d'Hypocrate, ils vont jusqu'à croire que tu as bien pu t'y réfugier toi-même; et les voilà qui fondent comme des vautours dans l'asyle écarté et solitaire de la colombe.

Ives est un honnête ébeniste, père de famille, bon patriote, qui habite Rome depuis long-temps, et qui semblable au vieillard de Mérope,

Fait le bien, suit les loix, et ne craint que les Dieux.

Les brigands entrent chez lui, au moment où tu venois d'en sortir avec Péquignot et quelques autres de nos camarades; ils te cherchèrent toi et tes tableaux, jusques dans les endroits les plus secrets de la maison, et montant et descendant tour-à-tour du grenier à la cave, et de la cave au grenier, ils ne laissèrent pas le plus petit recoin sans l'avoir visité. Le tableau d'Hypocrate étant déjà acheté par le médecin Trioson, notre compatriote, qui l'avoit fait encaisser, ils ne le virent et ne le détruisirent point : ce tableau d'ailleurs n'étoit point celui qu'ils cherchoient, c'étoit celui de la liberté. Furieux de n'avoir trouvé, ni le dernier, ni l'artiste peintre, ils s'en vengèrent noblement sur les meubles de l'infortuné Ives, qu'ils mirent en morceaux, et sur toute sa maison qu'ils pillèrent et saccagèrent malgré les prières de sa femme et les larmes de ses enfans. Leurs ravages durèrent jusqu'à la pointe du jour ; et craignant que le soleil n'éclairât leurs forfaits, ils se retirèrent après cette expédition héroïque.

Ives n'étant pas encore bien rassuré, et craignant que ces désordres ne recommençassent, demande au gouvernement des patrouilles pour garder ses propriétés ; le Pape les lui accorde : elles rodèrent pendant trois jours et trois nuits autour de sa demeure ; et le palais de l'Académie fut gardé aussi pendant trois nuits et trois jours.

Cette démarche dictée au Pape par la juste terreur que lui inspirent les Français qui ne tarderont pas à punir ces attentats ; cette démarche, dis-je, peut donner aux observateurs la clef de son caractère perfide. Le traître a bien moins le dessein de faire garder nos propriétés que de prouver à l'univers qu'il n'a pas voulu qu'on y pôrtât atteinte. Mais ces précautions sont trop tardives, et ne peuvent même annoncer, de la part du Pape, ni repentir, ni remords. Tout prêtre de sa nature, est incapable de se livrer à aucun de ces deux sentimens; il est incapable d'aucun retour à la vertu, et si ce n'étoit salir sa bouche que d'emprunter leur langage, je dirois qu'ils sont tous réservés à mourir dans *l'impénitence finale!* . . . . . .

Heureusement qu'en Italie, tout le monde ne pense pas comme les Prêtres de Rome. Lorsque l'ambassadeur d'Espagne a appris nos malheurs, non seulement il a offert un asyle, dans son palais à tous les Français persécutés, il leur a encore prêté de l'argent et fourni tous les secours imaginables pour les soustraire à la rage papale et les mettre à portée de se réfugier dans les pays voisins. Le peuple qui l'a su, la insulté plus d'une fois, et lui a témoigné hautement son mécontentement et sa haîne; n'importe, il a bravé la fureur du

peuple

peuple, et sa bienfaisance n'en a pas été altérée, et ses soins fraternels n'ont point cessé. Le jeune souverain de Toscane a imité un si bel exemple, il a recueilli avec bonté, avec cordialité, tous ceux de nos camarades que les persécutions romaines ont poussés dans ses tranquilles états; il leur a promis sûreté et protection contre le courroux de l'hydre sacré; et le marquis de Manfredini, son ministre et son ami, partageant sa tendre sollicitude pour les Français, n'a pas permis que les fanatiques de Florence leur fissent la moindre insulte. Quelle leçon pour le vieil amant de la Pompadour qui a été si long-temps l'ambassadeur de France à Rome! Ce lâche renégat de la Patrie n'a rien fait pour les Patriotes. Que dis-je! c'est chez lui, c'est dans son palais qu'on prenoit des copies des infâmes sonnets qui couroient la ville, et dans lesquels on disoit en mauvais vers qu'il falloit exterminer tous les Français. Sois maudit à jamais, ô vil satrape à calotte rouge, sois maudit, non par le pape, mais par tes frères que tu as reniés. Et vous jeune grand duc de Toscane; et vous ministre d'Espagne soyez bénis à jamais, non par le pape, mais par l'humanité entière, et sur-tout par les Citoyens courageux qui aiment la liberté, et qui sacrifieroient leur vie pour elle ; c'est le plus beau vœu que je puisse former pour vous, et la récompense la plus douce que je puisse vous souhaiter ; l'estime des Patriotes ne vaut-elle pas mieux mille fois que toutes les indulgences de Rome ?

Peu de nos frères ont péri, graces aux soins de ces généreux bienfaiteurs ; plusieurs cependant ont été grièvement blessés, entr'autres un domestique de l'Académie qui a reçu plusieurs coups de baïonnettes, et qui peut-être est mort à l'heure où je parle ; d'autres ont été emprisonnés, et l'on compte parmi ces derniers, le citoyen Ploful, domicilié à Rome depuis l'année qui a précédé la révolution, et dont tout le crime a été de trop aimer cette révolution immortelle.

J'ignore si elle a à Naples beaucoup de partisans ; je viens d'apprendre toute-fois que les Français n'y sont point maltraités, et que le roi a pour eux tous les égards qu'on doit attendre d'un allié fidèle et d'un ami de l'humanité. Cette conduite m'a d'autant plus étonné qu'hier le bruit couroit à Rome qu'ici même le gouvernement Napolitain avoit fait massacrer tous les Français; et jugez quelle a été ma joie et ma surprise, lorsque j'ai retrouvé mes chers camarades. Ces bruits, je l'imagine, ont été semés par des malveillans qui veulent brouiller la cour de Naples avec la République Française. Ce n'est pas seulement avec des stilets que les espions des prêtres assassinent ; le poignard de la calomnie est une arme qu'ils manient aussi bien, et *diviser pour régner* est sur-tout la devise des papes.

Vous n'ignorez pas que déjà quelques Romains, non contens de menacer et d'insulter l'ambassadeur d'Espagne, ont insulté aussi et menacé celui de Naples ; qu'ils ont voulu abattre les armoiries de son roi, après les avoir couvertes de fange, qu'ils ont voulu rejetter ce crime sur les Français paisibles, et que. . . . . . .

Je n'en suis pas étonné, lui répondit le ministre Makaw, en l'interrompant, il n'est point de menée sourde, point de perfidie, point de ruse criminelle dont la cour de

Rome, et les cardinaux ne soient capables. Voltaire, dans sa Henriade, a placé le séjour de la politique au Vatican ; il auroit dû en faire le séjour de tous les vices. Ne soyez pas dupe cependant de l'accueil gracieux que nous ont fait, et l'ambassadeur d'Espagne, et le grand duc de Toscane, et sur-tout la cour de Naples. C'est à eux principalement que le *timeo Danaos* est applicable, et tôt ou tard nous en verrons la preuve.

Le tyran des Français, le perfide (1) Louis XVI vit encore ; la nation le tient en captivité, et se dispose à prononcer bientôt sur

---

(1) J'ignore si le ministre Makaw est pénétré des sentimens que je développe ici, mais j'ai dû le supposer, pour rendre ma narration plus intéressante. Au reste, je ne réponds pas de son patriotisme, je ne réponds que du mien. J'ai vu tant de citoyens changer depuis la révolution, que je me défie de tous ceux qui déjà même ont fait leurs preuves. Qui ne seroit pas circonspect, en effet, depuis la trahison de Lafayette, et celle de l'infâme Dumouriez ? On trouvera encore ici quelques prédictions sur la guerre que l'Espagne nous a déclarée ; et ce sont de véritables prédictions, puisque cette guerre n'étoit pas encore déclarée, lorsque j'ai écrit ces lignes prophétiques, et que Louis Capet vivoit encore.

son sort ; le despote de Naples craint pour ses jours, il craint que la Convention Nationale ne lui fasse enfin subir la peine de tous ses crimes, il voudroit le sauver, et pour y parvenir, il cherche à adoucir, par les meilleurs traitemens, les Français justement irrités contre tous les rois de l'Europe. Ces coquins de rois s'entendent comme larrons en foire, pardonnez-moi ce proverbe un peu trivial, mes chers amis; il n'est point d'expression, quelqu'ignoble qu'elle paroisse, qu'un Républicain ne doive employer pour démasquer ces ennemis de la République. Tant qu'il existera deux rois sur la terre, ils s'entendront pour nous tromper, et tant qu'il existera des prêtres, ils ne feront qu'un avec les rois, pour tenir le monde dans l'esclavage.

Le roi de Naples d'ailleurs craint avec juste raison, et la puissance colossale de la France, et les petits princes qui l'environnent; et par une conduite prudente, et par une apparente neutralité, il cherche à se mettre à couvert et des entreprises des géans, et des agaceries des pygmées. Ceux-ci ne cherchent, depuis long-temps, qu'à empiéter sur son territoire; et la France pouvant facilement l'envahir, il veut se faire de celle-ci un appui contre les autres. Que dis-je! lorsque notre flotte a paru devant ses ports, un seul grenadier François a fait trembler le monarque des deux Siciles. Et vous pouvez croire que ce monarque est de bonne-foi dans l'amitié qu'il nous témoigne! Détrompez-vous, citoyens; l'orgueil des rois ne pardonne pas, sur-tout lorsqu'il est humilié, et semblable aux feux que renferme le Vésuve, la haîne couve et vieillit dans l'ame du despote que vous révérez et qui a surpris un moment votre estime par une feinte pitié et par une hypocrite bienfaisance.

Si la tête de Louis tombe sur un échafaud, cette haîne éclatera sans doute; mais l'explosion en sera peu redoutable. Les rois, heureusement, et sur-tout ceux de Naples, n'ont pas autant de pouvoir que les volcans leurs voisins, et si des forces nous manquoient pour les vaincre, leur peuple tôt ou tard, et sur-tout les braves Lazaroni, sauront bien les réprimer.

Quant au roi d'Espagne, citoyens, fiez-vous moins encore à lui qu'à toute autre puissance de l'Europe. Comme l'Espagne est plus forte que Naples, en hommes et en vaisseaux, elle croit avoir moins à craindre, et malgré ses assurances de paix et de fraternité, elle se démasquera plus promptement que toute autre, et elle gardera d'autant moins de ménagemens, qu'elle aura pour nous déclarer la guerre beaucoup moins d'obstacles à surmonter. Les François jouissent à présent d'une sorte de tranquillité en Espagne; mais si la bombe éclate, vous m'entendez, si le perfide Louis expire sur la Guillotine, plus d'asyle pour eux dans les contrées espagnoles, ils en seront chassés impitoyablement, comme vous l'avez été des états ecclésiastiques; ils y seront persécutés de toutes les manières; heureux encore s'ils peuvent échapper aux bûchers de l'inquisition et aux ordres arbitraires du visir Godoi, qui regne actuellement à Madrid sous le nom de premier ministre, comme Jean Acton a long-temps regné à Naples.

Le ministre d'Espagne, dites-vous, vous a recueillis dans son palais, au moment de l'assassinat de Basseville; il vous a protégés contre les fureurs du pontife; il vous a même prêté de l'argent pour faciliter votre évasion; je n'ai pas de peine à le croire ; ce ministre est philosophe, il aime la liberté et l'humanité; mais c'est à l'insçu de sa cour, je le parie, qu'il vous a traités de la sorte, ce n'est qu'à ses vertus individuelles que vous devez ses soins obligeans, et tôt ou tard il sera puni de s'être conduit en honnête homme; les alguasils sont là qui l'attendent, et qui, au lieu du bonnet rouge qu'il porte dans le cœur, lui mettront le coracas (1) sur la tête.

Le jeune souverain de Toscane paroît avoir mis plus de bonne-foi et plus de sincérité dans la neutralité qu'il a gardée ; il est le fils d'un père qui aimoit la paix, du moins qui l'a fait fleurir long-temps dans ses états, et je me plais à croire qu'il a hérité de ses principes, et qu'il veut suivre son exemple. Cependant il est roi sans en porter le titre; il gouverne cependant, et je me défie de tout homme qui gouverne immédiatement,

---

(1) Le coraças est la coëffure que l'on met aux malheureux prisonniers de l'inquisition, lorsqu'on les conduit au supplice.

et qui ne voit aucune autorité s'élever entre lui et son peuple. Les rois sont si pervers de leur nature, qu'ils inclinent toujours à faire le mal, quand rien ne les empêche de le faire. Les Toscans d'ailleurs ont-ils pu changer de caractère? On sait comment ils se conduisirent lorsqu'ils portoient le non d'Etruriens. Il y avoit alors un roi qui ressembloit à Louis XVI; c'est de Tarquin que je veux parler: il a été le dernier roi des romains, comme Louis a été le dernier des français. Ce scélérat fût à peine chassé de Rome, qu'il se ligua avec plusieurs peuples voisins, et les engagea à faire rétablir la royauté; il entraîna principalement dans son parti les Herniques et les Volsques; il n'y eut que les peuples d'Etrurie qui voulurent voir l'affaire plus engagée, avant de se déclarer, et ils restèrent neutres, dans la vue de se décider selon les événemens.

Ils resterent neutres, mes amis, prenez-y bien garde: croit-on qu'aujourd'hui ils conserveroient cette neutralité, si les françois éprouvoient quelques grands revers, si la république étoit dissoute, et si quelqu'ambitieux avoit assez de courage, ou de bonheur pour faire retablir le fils de Louis sur le trône ? Non, non, détrompez-vous ; tous les amis couronnés du Tarquin des français ne sont pas morts, et tant qu'ils subsisteront, la liberté de notre patrie sera en danger ; et tant qu'ils subsisteront, il restera à son ombre ensanglantée de sots admirateurs pour la plaindre, et de sots partisans pour la défendre ?

Savez-vous déja comment s'est conduit le roi de Naples, lorsqu'il a appris qu'à Rome on avoit insulté son ambassadeur, qui avoit feint d'épouser la cause des français, et qu'on avoit souillé ses armoiries en les couvrant de fange ? Il a promis cinq cents ducats à celui qui dénonceroit le coupable. Cinq cents ducats ! c'est une forte somme et une magnifique récompense. Mais n'ayez pas peur que personne soit assez habile pour la gagner, et que le coupable se découvre..... La cour de Naples est trop intéressée à laisser croire que c'est un français qui a eu ce tort avec elle, avec elle qui, en apparence, n'en a jamais eu avec nous. Oh ! puissent périr promptement tous les rois, et puisse la république française étendre promptement son empire sur la terre entière !

Le ministre Makaw se leva en disant ces mots : nous nous levâmes aussi, et par l'effet d'un instinct machinal et de l'enthousiasme, peut-être, qu'inspire le climat, nous criâmes tous ensemble : *vive la nation ! vive la république, et périssent tous les despotes !*

Ces cris avoient à peine frappé les airs, que Makaw redoutant l'effet qu'ils pouvoient produire, nous dit tout bas, et avec l'air un peu alarmé : paix, paix, citoyens ! nous sommes encore dans l'antre du lion, et ses satellites peuvent nous entendre ! Le lion napolitain ne dort pas ; il feint seulement de dormir, et c'est alors sur-tout que ces animaux sont redoutables. Nous sentîmes que la prudence nous commandoit de nous taire ; nous sortîmes donc tous ensemble paisiblement et en silence, avec le projet de nous retrouver le lendemain, et discuter les intérêts de notre chère patrie.

Voilà, citoyen David, le récit exact et circonstancié des évènemens qui ont précédé et suivi l'assassinat de l'infortuné Basseville ; j'en ai mis une partie dans la bouche du ministre Makaw, parce que ce citoyen est en effet l'un des premiers qui nous l'ait appris ; et pour donner à ce récit une forme dramatique, forme qui détruit en général la sécheresse de l'histoire, et anime des détails qui, sans elle, seroient froids et arides. C'est ainsi que Salluste et Tite-Live ont écrit, et voilà ce qui a fait passer leurs ouvrages à la postérité la plus reculée. La forme dramatique, en un mot, me paroît être le dernier coup de ciseau qui donne la vie à la statue.

Voilà le récit d'un événement plus affreux mille fois que celui des Vêpres Siciliennes, puisque les français immolés en Sicile, avoient commis des fautes tout-à-fait opposées aux qualités que le patriotisme français atteste maintenant, et que notre seul crime a été d'aimer la liberté, l'égalité et la république.

En quoi cependant a consisté ce crime ? scrupuleux observateurs des loix de police établies par le souverain usurpatif, jamais nous ne les avons troublées, ni par nos actions, ni par nos paroles; jamais du moins nous n'avons donné en public de ces grands scandales de liberté, dans un pays presque tout peuplé d'esclaves. Nous nous sommes rassemblés quelque fois à l'Académie, tantôt pour faire une contribution patriotique, tantôt pour aviser aux moyens de délivrer ceux de nos frères qui auroient pu devenir victimes d'une persécution injuste, et pour conserver pur, au milieu des souillures de Rome, le feu républicain qui nous animoit. Dans une de ces assemblées, il est vrai, dans une de ces assemblées où Basseville et le major Flotte assistoient, nous avons, au milieu d'un repas fraternel, récité la déclaration des Droits de l'Homme, au lieu du *benedicite*; nous avons arboré la cocarde nationale; nous l'avons couverte de baisers, dans les transports d'une ivresse innocente: un buste de Brutus étoit au milieu de nous, nous l'avons couronné de feuilles de laurier et de chêne; nous avons fait en son honneur des libations multipliées. . . . Nous avons bu à la santé de la nation, à celle des députés de la Montagne, et de quelques autres citoyens qui ont bien mérité de la patrie;

mais est-ce un crime que de saluer à huis-clos et le verre en main, les héros de la liberté? Est-ce un crime sur-tout, que d'inaugurer la statue de Brutus dans le pays qui l'a vu naître, et au moment même où nous croyions voir son ombre fière errer autour de nous? . . . . . Ah! nos ennemis en ont commis bien d'autres! Non contens d'assassiner Basseville, ils ont voulu ternir sa mémoire, en répandant par-tout qu'il étoit mort comme un capucin, ou comme un pape. Ils ont persécuté, le fer et le feu à la main, de jeunes artistes qui jamais ne leur avoient fait de mal, et qu'ils auroient dû protéger, par respect pour leur faiblesse, et peut-être pour leur courage. Ils ont violé le droit des nations, envers la nation française, et celui de l'hospitalité envers des particuliers; celui de l'hospitalité, le plus sacré de tous chez tous les peuples du monde!

Ce qui met sur-tout le comble à leur scélératesse, c'est leur hypocrisie soutenue, et leur adresse constante à faire croire au peuple égaré qu'ils disent la vérité, lorsqu'ils mentent impunément.

Croiriez-vous, mon cher maître, que le

saint-père, pour détruire les soupçons qu'attiroit sur lui l'assassinat de Basseville, a fait répandre par-tout, avec profusion, l'édit suivant, trois jours après cet assassinat?

EDIT.

« Autant S. S., notre seigneur le pape Pie VI, heureusement régnant, a été sensible aux témoignages que le peuple de Rome lui a donnés, les jours passés, de son attachement à la religion, et de son amour pour la personne de S. S., autant le saint-père a été affligé, de voir que ce même peuple, au milieu de ces émotions par lesquelles il a cru devoir témoigner ses sentimens, se soit laissé emporter à quelques excès, qui ont troublé la tranquillité publique; excès peu dignes d'une nation qui doit se faire gloire d'être élevée dans de bons préceptes, et nourrie d'une morale, dont toutes les maximes recommandent la paix, la douceur et la charité envers le prochain.

« En conséquence, S. S. a ordonné expressément de publier en son nom, que, tandis qu'elle s'occupe sérieusement et avec la plus active surveillance de garder intacte la foi catholique, spécialement à Rome et dans l'état ecclésiastique, et qu'elle prend toutes les mesures propres à assurer le repos et la tranquillité de ses sujets, elle veut et exige d'eux, qu'abandonnant entièrement l'emploi de ces moyens à sa sollicitude paternelle, ils se tiennent à l'avenir dans une situation plus calme; elle veut qu'ils évitent toute espèce de tumulte et d'attroupement, à quelqu'heure que ce soit du jour ou de la nuit, et pour quelque motif et sous quelque prétexte que ce puisse être; elle veut qu'ils s'abstiennent de bruits, de clameurs; elle veut enfin, qu'ils n'endommagent aucun hôtel, aucune boutique, et qu'ils n'insultent nulle part et en quoi que ce soit, et en rien, aux personnes, n'importe leur origine, leur nation, non plus qu'à ce qui peut leur appartenir. Le saint-père déclare qu'il regardera comme personnel et comme un manque de respect à lui-même, tout acte contraire à ces dispositions.

» Le saint-père, plein de confiance dans la religion, l'amour, et la docilité du peuple Romain, se persuade que ce peuple obéira scrupuleusement à des ordres paternels, et que

que cette occasion lui fournira, à ce peuple, un nouveau moyen de prouver son esprit de subordination. S. S. compte le trouver aussi disposé à l'obéissance, qu'elle est elle-même portée à éloigner de son cœur le chagrin d'avoir jamais à exercer des actes de justice rigoureuse, contre des sujets que S. S. chérit avec la plus grande tendresse ».

Donné au palais du Vatican, le seizième jour de janvier 1793.

Signé F. X. cardinal de ZÉLADA.

Le pape a été sensible aux témoignages que le peuple de Rome lui a donnés de son attachement à la religion.

Bel attachement que celui qui consiste à égorger des patriotes pour plaire à sa sainteté, et belle religion que celle qui le commande! *cette religion*, dit le pape, *recommande la paix, la douceur et la charité envers le prochain.* L'assassinat de Basseville et le massacre projetté de tous les Français en sont la preuve.

Et vous, mon cher maître, qui êtes législateur, et tous les autres législateurs vos collègues, vous souffririez qu'une pareille religion subsistât encore sur la terre! Cet abominable édit du saint-père ne vous rappelle-t-il pas la conduite de ces brigands qui, après s'être repus, sur les grands chemins, du sang et des larmes de leurs victimes, retournent paisiblement prêcher l'ordre et la paix dans leur caverne.

Le pape est tellement attaché à cette religion douce, tolérante et humaine, que peu de jours après la publication de son édit, craignant que le zèle de ses soldats ne se refroidît, il a ordonné par un édit nouveau, que tous (*tuti innumerosi soldati*) fussent plus particulièrement instruits des saintes maximes de cette religion sainte. En conséquence, le saint-père veut qu'il soit fait une instruction à l'usage des militaires, et que les soldats se rendent tous les lundis de chaque semaine, dans vingt-deux églises qu'il indique à toutes ses brigades, en désignant aussi pour chacune des églises le révérend père qui y fera l'instruction; exemple :

In Sa Maria in Campitelli, fara l'instruzione il R. P. salvatori Bongi paroco, e vi devranno andare i soldati de quartierri del Palazzo Cazoni, di Monte Savelli, de Cenci.

Bon Dieu, que ces braves soldats seront bien instruits, lorsque le révérend père Bongi les aura exhortés à la paix, à l'amour du prochain, à la tolérance, et qu'au sortir de-là, ils iront, malgré ces bonnes leçons, mettre le feu de nouveau à l'académie de France, piller Ives l'ébéniste, et poursuivre mes camarades et moi à coups de baïonnettes et à coups de crosses de fusil! Le révérend père Bongi ne vous rappelle-t-il pas le loup de la fable qui, honteux un moment de ses crimes, et bourrelé de remords, jure de s'abstenir de la chair des pauvres moutons, jure de ne manger que de l'herbe, et qui, au premier agneau qu'il rencontre, s'élance sur lui et le dévore?

Le pape au surplus n'a fait que son métier ordinaire, c'est-à-dire celui d'un loup ou d'un tigre, en donnant l'ordre d'égorger Basseville et les pauvres moutons de France qui, paisiblement réunis dans ses états, y nourrissoient de leur travail leur assassin même;

mais il a fait celui d'un renard, lorsque, sous le titre de *rétractation de Basseville*, il a publié sur la mort de Basseville la relation la plus fausse et la plus calomnieuse. Cette relation est écrite avec tant de perfidie et d'adresse, que les plus fins pourroient y être trompés. Elle respire par-tout cette simplicité prétendue évangélique, et cette candeur ultramontaine, dont les écrits des papes ont toujours été remplis, et qui jusqu'à ce moment n'ont que trop réussi à surprendre la crédulité de presque tous les peuples; elle est telle enfin que les plus odieux mensonges y sont présentés comme des vérités démontrées. Et faut-il s'en étonner? ce ne sont pas seulement les prêtres de Rome qui excellent dans l'art de mentir: ce talent a toujours été celui de tous les prêtres du monde, et permettez-moi, avant de finir, de vous en citer un exemple:

Il existe parmi les Mahométans une secte qu'on appelle *hairetites*, dont le nom vient de *haire*, en turc, *étonnement*, *incertitude*, parce qu'à l'exemple des Pirrhoniens, ils doutent de tout, et n'affirment jamais rien dans la dispute. Ces prêtres disent que le mensonge peut être si bien paré par l'esprit humain, qu'il est impossible de le distinguer de la vérité, comme aussi l'on peut obscurcir la vérité par tant de sophismes qu'elle en devient méconnoissable. Ils concluent, d'après ce principe, que toutes les questions sont probables, et nullement démonstratives; et sur tout ce qu'on leur propose, ils se contentent de répondre : *cela nous est inconnu, mais Dieu le sait.*

Cette manière de prononcer qui annonce la fausseté la plus profonde, et qui sembleroit devoir les exclure des dignités de la religion, ne les empêche pas de parvenir à celle de Muphti; et alors comme ils sont obligés de répondre clairement aux consultations, ils ajoutent cette formule au bas de leur *fetfa* ou sentence : *Dieu sait ce qui est meilleur.*

Eh bien! mon cher maître, que direz-vous de ces *hairetites*? ne trouvez-vous pas, dans le tableau que j'en ai fait, l'image fidèle du pape et des cardinaux? et ne pensez-vous pas que les clergés de tous les pays semblent se donner la main et s'entendre pour tromper le monde?

J'oubliois de vous dire que les *hairetites*,

pour s'entretenir dans cette espèce d'engourdissement d'où résulte leur pirrhonisme, sont dans l'habitude de boire des liqueurs fortes où ils font entrer de l'opium ; c'est un moyen assez adroit de se rendre moins coupables, et de rejetter les torts de leur cœur sur le délire de leur raison. Les prêtres de Rome n'ont pas cette excuse à alléguer ; et quand même ils prendroient de l'opium, ils sont tellement disposés à la tromperie, que soit à jeun, soit après-dîner, ils seroient toujours des fourbes.

Je suis pour la vie, avec autant d'estime que d'attachement, votre concitoyen, élève et ami,

De Naples, le 20 février, l'an deuxième de la république.

P. S. J'ouvre ma lettre qui étoit prête à partir, pour vous raconter un fait atroce et qui met le comble à la scélératesse du pape et de ses cannibales à calottes rouges. J'étois retourné ce matin chez le ministre Makaw, pour savoir des nouvelles de notre chère patrie;

on lui annonce une caisse arrivant de Rome, et à l'adresse de la veuve Basseville. Une caisse arrivant de Rome.... Cet envoi nous donne quelques inquiétudes.... Cependant nous ne sommes plus au douzième siècle.... Comment soupçonner ? .... Le ministre Makaw la fait ouvrir, et savez-vous ce qu'elle contenoit ?... Les lambeaux encore tout sanglans des vêtemens que portoit Basseville le jour qu'il a été assassiné. Jugez la cour de Rome, après cet affreux événement ; jugez les cardinaux et l'exécrable Pie VI. J'ai prouvé dans ma trop longue narration qu'ils étoient les seuls auteurs de la mort de Basseville ; mais ma narration est devenue inutile, et le dernier trait en dit plus qeu tout ce que j'ai pu vous écrire.